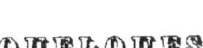

QUELQUES

RÉFLEXIONS

Sur les Articles insérés

PAR M. HENRI FONFRÈDE,

DANS LES NUMÉROS 5034, 5035 ET 5036 DE L'INDICATEUR, SOUS
LES DATES DES 28, 29 ET 30 DÉCEMBRE 1828,

AU SUJET DE L'OUVRAGE SUR

LES ROUTES ET LES CANAUX,

PUBLIÉ

Par M. le Baron d'Haussez,

CONSEILLER D'ÉTAT, PRÉFET DE LA GIRONDE, MEMBRE DE LA CHAMBRE
DES DÉPUTÉS;

PAR M. TRIGANT-GAUTIER, A LAROCHE-CHALAIS (DORDOGNE),
AUTEUR DE L'OUVRAGE SUR LA CANALISATION DE LA DRONNE, DÉ-
PUIS LAROCHE-CHALAIS JUSQU'A SON EMBOUCHURE DANS CELLE DE
L'ISLE, A COUTRAS (GIRONDE), QUI FUT DÉDIÉ A M. BALGUERIE
STUTTEMBERG, NÉGOCIANT A BORDEAUX.

A Bordeaux,

DE L'IMPRIMERIE DE J. PELETINGEAS, RUE SAINT-REMI.

1829.

QUELQUES

RÉFLEXIONS

SUR LES ARTICLES INSÉRÉS

PAR M. HENRI FONFRÈDE,

Dans l'Indicateur.

QUELQUES
RÉFLEXIONS

Sur les Articles insérés

PAR M. HENRI FONFRÈDE,

DANS LES NUMÉROS 5034, 5035 ET 5036 DE L'INDICATEUR, SOUS
LES DATES DES 28, 29 ET 30 DÉCEMBRE 1828,

AU SUJET DE L'OUVRAGE SUR

LES ROUTES ET LES CANAUX,

PUBLIÉ

Par M. le Baron d'Haufsez,

CONSEILLER D'ÉTAT, PRÉFET DE LA GIRONDE, MEMBRE DE LA CHAMBRE
DES DÉPUTÉS;

PAR M. TRIGANT-GAUTIER, A LAROCHE-CHALAIS (DORDOGNE),
AUTEUR DE L'OUVRAGE SUR LA CANALISATION DE LA DRONNE, DE-
PUIS LAROCHE-CHALAIS JUSQU'A SON EMBOUCHURE DANS CELLE DE
L'ISLE, A COUTRAS (GIRONDE), QUI FUT DÉDIÉ A M. BALGUERIE
STUTTEMBERG, NÉGOCIANT A BORDEAUX.

———◦◦◦———

A Bordeaux,

DE L'IMPRIMERIE DE J. PELETINGEAS, RUE SAINT-REMI.

———◦◦◦———

1829.

QUELQUES

RÊFLEXIONS

SUR

LES ARTICLES INSÉRÉS PAR M. HENRI FONFRÈDE,
DANS LES N.ᵒˢ 5034, 5035 et 5036 DE L'INDICATEUR,
SOUS LES DATES DES 28, 29 et 30 DÉCEMBRE 1828,
AU SUJET DE L'OUVRAGE SUR LES ROUTES ET LES CA-
NAUX, PUBLIÉ PAR MONSIEUR LE BARON D'HAUSSEZ,
CONSEILLER D'ÉTAT, PRÉFET DE LA GIRONDE, MEMBRE
DE LA CHAMBRE DES DÉPUTÉS;

PAR

M. TRIGANT-GAUTIER, A LAROCHE-CHALAIS (DORDOGNE),
AUTEUR DE L'OUVRAGE SUR LA CANALISATION DE LA DRONNE, DE-
PUIS LAROCHE-CHALAIS JUSQU'A SON EMBOUCHURE DANS CELLE DE
L'ISLE, A COUTRAS (GIRONDE), QUI FUT DÉDIÉ A M. BALGUERIE
STUTTEMBERG, NÉGOCIANT A BORDEAUX. (1)

QUI VEUT TROP PROUVER NE PROUVE RIEN. Ce
proverbe, qui se trouve dans la critique que M.
Henri Fonfrède a faite de l'ouvrage de M. le baron

(1) Cet excellent citoyen, qu'une mort prématurée a
enlevé trop tôt à sa famille, à ses nombreux amis et à la
prospérité de son pays, m'avait promis de réaliser mon
projet, que ce malheureux événement retarda de plusieurs

d'Haussez, *sur les Routes et les Canaux*, pourrait trouver une application plus juste, s'il servait d'épigraphe à une réfutation de cette critique. Nous allons parcourir la longue série des reproches qu'elle renferme; et moins confiant que son auteur n'a le droit de l'être dans la patience des lecteurs, nous ne nous arrêterons pas à tout ce qui est étranger à l'écrit sur *les Routes et les Canaux*. Nous laisserons à la France entière, qui applaudit aux efforts heureux employés par les Bordelais pour anéantir la mendicité, et à la ville de Paris, qui suit l'honorable exemple qu'ils ont donné, le soin d'apprécier l'Administrateur à qui l'on est redevable de cette institution. Nous n'examinerons pas s'il y a bien de la gravité dans le reproche adressé à M. d'Haussez, d'avoir omis d'ajouter aux titres de conseiller d'État et de préfet de la Gironde, celui de membre de la

années, qui enfin vient d'être approuvé par une ordonnance du Roi, du 12 Octobre 1828; elle concède pour 99 années le péage de cette navigation, à la charge par les concessionnaires d'en faire les frais.

Cette ordonnance a couronné d'un plein succès les efforts de l'auteur de cette entreprise, qui datent de 15 ans; mais en rendant hommage à la vérité, il doit ajouter que, sans le puissant secours de M. le baron d'Haussez, dont les pensées sont dominées par l'amour du bien public, cette belle et utile entreprise, qui va faire fleurir l'agriculture, le commerce et l'industrie, sur une grande étendue de pays, n'aurait pas eu lieu.

Chambre des Députés, titre qui doit lui être bien précieux, puisqu'il lui a été conféré par la reconnaissance et l'affection d'un pays que, depuis dix ans, il avait cessé d'administrer. Nous franchirons également les savantes citations qui enrichissent le préambule de l'écrit de M. Fonfrède, et pour le combattre, nous le chercherons sur le terrain où lui-même s'est placé, en nous engageant à n'opposer que des faits à des assertions qu'il convient n'avoir pas eu les moyens d'approfondir.

On pourrait considérer comme étonnant, et regarder comme inutile que M. d'Haussez indiquât aux Ingénieurs les moyens les plus propres à faire obtenir de l'économie dans la confection des ouvrages, s'il n'était maintenant question de la révision du système des travaux publics, de la présentation d'un nouveau projet de loi, de l'adoption de nouvelles instructions; mais la création d'une commission chargée de cet objet, l'appel fait par le gouvernement à toutes les personnes à qui ces matières importantes sont familières, n'imposent-ils pas aux Administrateurs surtout qui en ont une longue expérience, le devoir d'exposer avec franchise les vices qu'ils ont remarqués, et de donner leur avis sur les améliorations?

M. d'Haussez a rempli ce devoir en homme qui a su voir; et tous ceux qui ont pu donner quelque attention aux travaux des routes, ont reconnu la force de ses observations et la justesse de ses avis.

Partout où l'on veut de bonnes routes, il faut avoir des fossés pour que les eaux ne séjournent pas ; et ce système, on le détruit par les plantations qui entretiennent une humidité constante et qui accélèrent la détérioration des routes dans les parties où le sol est d'une nature grasse et compacte : ces plantations sont généralement repoussées par les propriétaires qui se plaignent avec raison, ou qu'elles occasionnent la dévastation des propriétés lorsqu'on y a employé des arbres fruitiers, ou que l'ombrage nuit à la végétation des plantes. Aussi, quoique la loi autorise l'administration à faire opérer les plantations d'office, et que, dans ce cas, elle impose une amende d'un franc par pied d'arbre, trouve-t-on peu de propriétaires disposés à faire planter eux-mêmes.

On ne peut faire un reproche à M. Fonfrède d'errer dans la matière qu'il traite, puisqu'il déclare plusieurs fois qu'il ne la connaît pas ; aussi ne soyons pas étonnés qu'il ne comprenne pas pourquoi M d'Haussez repousse les soumissions cachetées, et propose de diviser les grands travaux (la construction des ponts exceptée) en plusieurs petits lots.

D'abord, quant aux soumissions, nous ferons observer que la loi du 19 Ventôse an 11 n'impose pas aux conseils de préfectures l'obligation d'accepter la soumission offrant le plus fort rabais, mais celle qu'ils jugent la plus avantageuse ; que les Ingénieurs qui assistent toujours aux adjudications regardent

constamment comme plus avantageuse la soumission
faite par l'entrepreneur qu'ils ont déjà eu sous leurs
mains, et qu'ils savent capable d'exécuter les travaux ;
qu'ils soulèvent des difficultés contre ceux qu'ils n'ont
pas encore employés, et qu'ils parviennent à les faire
écarter, en alléguant leur responsabilité personnelle.

En présentant pour l'adjudication une masse considérable de travaux, on écarte les entrepreneurs
qui n'ont les moyens ni de fournir les cautionne-
mens exigés, ni de faire les avances qu'entraîne la
mise en activité des travaux. Si, au contraire, ces
travaux étaient divisés par petits lots, les caution-
nemens se réduiraient et les avances deviendraient
si minimes, qu'il n'est pas d'entrepreneur, quelque
peu accrédité qu'il fût, qui ne pût les faire. Ceux-
ci d'ailleurs ne recherchent pas toujours leur bénéfice
dans le prix élevé des ouvrages ; ils le trouvent dans
l'emploi de leur propre main-d'œuvre, dans l'activité qu'ils impriment aux ouvriers à la tête desquels
ils se placent.

Les entrepreneurs en grand ne retrouvent ni l'un
ni l'autre de ces avantages, et l'on conçoit aisément
qu'il faut leur accorder des prix très-élevés pour
qu'ils obtiennent les bénéfices auxquels ils aspirent.

On ne saurait craindre, comme l'auteur de l'ar-
ticle auquel nous répondons, que l'appréhension de
voir un adjudicataire réunir tous les lots adjugés
séparément détermine les entrepreneurs peu fortunés

2

à renoncer à faire des offres. Cette sorte de réadju-
dication ne les exposerait à aucun préjudice; elle
n'aurait d'autre résultat que de leur faire enlever les
ouvrages dont ils n'auraient pas rabaissé les prix à
leur juste valeur; et il n'est pas douteux que, pour
éviter cette circonstance, ils n'offrissent les plus bas
prix possibles. Au reste, toutes les fois que ce mode
a été mis en usage, l'expérience a démontré qu'il était
le plus propre à amener de notables économies.

Nous dirons avec M. Fonfrède, que M. d'Haussez
a commis une erreur grave relativement à la durée
des ponts de bois, mais c'est en ne la portant qu'à
dix ans. Cet Administrateur a fait une part trop
large à ses adversaires; il aurait pu hardiment sou-
tenir qu'un pont construit en bois pourrait durer
quarante à cinquante ans; il aurait pu ajouter que
ces ponts ne sont pas seulement propres au passage
des piétons, mais qu'ils servent aussi aux cavaliers,
aux voitures et aux chariots les plus pesamment chargés; et sans aller chercher bien loin des exemples, il
aurait pu parler des ponts qui existent sur la Leyre,
à Lamothe et à Salles, et sur le Ciron, à Villandraut.
Ces trois ponts, construits depuis long-temps,
servent à un roulage continuel. On évalue à cinq
cents le nombre des charrettes qui passent, *chaque
semaine*, sur le dernier, dont le plancher et ses ac-
cessoires n'ont coûté que 1,300 fr. Les ponts en bois
peuvent avoir une très-grande durée, si l'on a la pré-
caution de remplacer successivement les pièces qui

se détériorent, et l'on prévient ainsi et les frais et les inconvéniens d'une reconstruction complète.

Nous ferons d'ailleurs remarquer que l'économie que veut introduire M. d'Haussez s'applique plus particulièrement aux routes départementales ; que c'est sur ces communications, dont les ressources sont ordinairement très-bornées, qu'il a entendu proposer l'érection des ponts de bois ; enfin, que comme il veut toujours, par mesure d'économie, que l'on profite des matériaux qui se trouvent à portée, ces ponts ne seraient élevés que sur des points où les constructions en pierre seraient trop dispendieuses.

Certes, tout partisans que nous sommes des ponts de bois, là où la pierre manque, nous ne voudrions pas renoncer à nos maisons en pierre ; mais nous ferons observer à M. Fonfrède, qu'avant de chercher à faire croire que les constructions en bois n'avaient qu'une durée passagère, il aurait dû parcourir cette partie de la vieille ville de Bordeaux, où l'on trouve des maisons de bois qui ont vu disparaître et reconstruire mainte maisons de pierre.

M. Fonfrède ne veut pas que les travaux départementaux soient laissés dans les mains des autorités locales. Sans les Ingénieurs, selon lui, pas de bonnes routes, *pas de ponts solides* ; et, à cette occasion, il cite les ponts construits à Montferrand, près de sa propriété. Il paraît qu'il n'est pas très-attentif à recueillir des renseignemens ; car, s'il avait été bien informé , il aurait appris que le projet de ces ponts avait été fait par un Ingénieur en chef des Ponts et Chaussées qui en a *personnellement* suivi l'exécution.

Il est surpris d'apprendre qu'un travail pour la navigation du Moron ait pu être évalué 400,000 fr., lorsque les propriétaires qui voulaient l'entreprendre ne le portaient qu'à 60,000 fr. : ce n'était pas une erreur d'arithmétique. Voici la cause de la différence : ces propriétaires, qui ont fréquemment l'occasion de parcourir les bords du canal, ont acquis la preuve que pendant à peu près neuf mois de l'année l'eau qu'il reçoit a tout au plus la hauteur nécessaire pour porter bateau ; ils avaient senti que si on élargissait le canal , les eaux se répandant sur une plus grande surface n'auraient pas assez de profondeur pour que la navigation pût avoir lieu ; ils offraient donc seulement de faire opérer le curage et d'établir des garres de distances en distances pour que les embarcations allant en sens contraire pussent se croiser. MM. les Ingénieurs ne voulurent pas avoir égard à la considération qui préoccupait ces bons propriétaires ; ils persistèrent à vouloir donner une ouverture considérable au canal. Cependant , après cinq ou six ans d'étude , il paraît qu'ils ont changé d'opinion et qu'ils vont revenir au projet qui leur avait été proposé.

Un passage de l'ouvrage qu'il combat a fort étonné M. Fonfrède. M. d'Haussez , d'accord sur ce point avec à peu près tout le monde , voudrait qu'un propriétaire pût établir sur son fond un *pont*, *une na-vigation*, *une route*, et percevoir un péage sans être tenu de soumettre ses projets à l'Administration. « Qu'importe, dit cet Administrateur, la bonne ou » la mauvaise confection des ouvrages » (page 33) ; et M. Fonfrède de s'écrier : *comptez-vous pour rien la sûreté publique que ces ouvrages peuvent com-promettre !*

La préoccupation a encore empêché M. Fonfrède de comprendre ce qu'avait dit M. d'Haussez, quoique son ouvrage se fasse distinguer par une clarté qu'on regrette de ne pas trouver dans tous les écrits. Cet Administrateur fait pressentir le concours de l'auto-rité dans les travaux, sous le rapport de la solidité (page 38), et l'on voit qu'il n'entend parler, dans le passage cité, que du système des ouvrages, du mode d'exécution, de leur durée, de la dépense, etc. ; il veut qu'à cet égard, le propriétaire puisse agir li-brement ; mais il n'a dit, ni entendu dire, que l'Ad-ministration se dépouillerait du droit de police qu'elle doit exercer sur tout objet qui devient public. Ainsi, quand le pont, la route et le canal seraient terminés, elle interviendrait pour reconnaître si l'usage en serait ou non dangereux. Elle ferait, à ce sujet, ce qu'elle fait lorsque celui qui a une fontaine veut en vendre l'eau, ou lorsqu'un entrepreneur veut ouvrir un théâ-tre, un cirque, etc. Dès que les travaux sont termi-nés, elle se présente, elle inspecte ; si l'eau est in-salubre, elle en interdit la vente ; si le théâtre, le cirque, etc., sont peu solides, elle s'oppose à leur ouverture. Les entrepreneurs ne peuvent se plaindre de cette mesure, puisqu'avertis qu'ils étaient soumis à cette inspection, il a dépendu d'eux de ne pas négliger les précautions de solidité, ou de ne pas se livrer à la construction de la fontaine avant d'avoir reconnu la qualité de l'eau.

On le voit, s'il avait lu avec plus d'attention ou moins de prévention, peut-être M. Fonfrède n'aurait pas trouvé si étrange la phrase qu'il reproche à M. d'Haussez, et à laquelle il faut aussi le dire, il a fait une petite addition en donnant à croire qu'il y était question des *mines*, quoiqu'il n'en soit pas parlé.

Nous ne sommes pas étonnés d'ailleurs de la confusion commise par M. Fonfrède, parce que nous nous faisons un devoir de le répéter : il nous a annoncé qu'il entendait peu à la matière sur laquelle il a écrit.

Nous voici arrivés à la partie de la brochure qui a le plus excité l'émotion de M. Fonfrède. Elle traite de l'expropriation pour cause d'utilité publique.

Ici le critique n'atteint pas seulement M. d'Haussez; il gourmande les journaux qui veulent bien croire que les mœurs constitutionnelles des Français se forment chaque jour; il nous accuse de chercher à nous soustraire aux charges publiques; et bientôt, si nous voulons l'en croire, les notables, les juges de commerce, les membres des conseils généraux, d'arrondissement, des conseils municipaux, des hospices, déserteront leurs fonctions. La jeunesse du XIX.ᵉ siècle ne trouve même pas grâce devant lui ; il l'accuse de s'en laisser facilement conter lorsqu'on lui parle de son *admirable sagesse*, de son *admirable émulation constitutionnelle*, de son *admirable tendance religieuse, monarchique et libérale* (1). Nous nous abstiendrons de commenter ces paroles ; elles sont assez claires pour que le lecteur puisse avoir une idée de l'opinion que M. Fonfrède s'est formée de la jeunesse.

Dans le chapitre dont il est question, M. d'Haussez soutient les deux propositions suivantes :

Les formes judiciaires appliquées aux expropriations entraînent trop de lenteur ;

Les tribunaux semblent se montrer disposés à trop élever les indemnités.

A l'appui de sa première proposition, M. d'Haussez cite trois affaires qui n'ont pu être terminées que dans trois ans, indépendamment du temps employé dans l'administration pour faire constater l'utilité publique de la dépossession, c'est-à-dire que ces trois années ont été passées en débats pour le réglement des indemnités, et qu'il a fallu suspendre l'exécution de travaux urgens, parce que la Charte dé-

(1) *Indicateur* du 30 Décembre 1828, page 3, première et deuxième colonnes.

tend expressément d'occuper les terrains avant que
le prix en ait été payé.

On le voit, l'inconvénient est grave.

Si moins respectueux pour la Charte, M. d'Haussez avait pu penser avec M. Fonfrède, que contrai-
rement au texte formel de ce pacte fondamental,
l'occupation des terrains pouvait précéder le réglement et le paiement de l'indemnité, il aurait écarté
sa première proposition; mais tout ami de nos ins-
titutions lui en saura gré, et il a préféré se ranger à
l'opinion de celles des cours royales qui ont déclaré
que cette occupation préalable ne pouvait plus avoir
lieu.

Il a dû alors rechercher les moyens de concilier
ce respect avec la nécessité de préserver les entre-
prises publiques des retards dont les menaçaient les
formalités judiciaires qu'il faut accomplir aujour-
d'hui. Sans sortir du principe posé par la Charte,
ni du cercle tracé par la loi du 8 Mars 1810; sans
écarter aucune forme réellement protectrice de la
propriété, tout en proposant au contraire (pag. 58),
de maintenir *tous les degrés de recours*, *tous les
actes conservatoires*, il s'est borné à demander que
l'on abrégeât les délais de la procédure. Nous ne
chercherons pas à démontrer si l'opinion publique
ne réclame pas cette modification dans les affaires
qui concernent les particuliers; mais nous soutien-
drons, avec M. d'Haussez, qu'elle ne peut être nulle-
ment préjudiciable au propriétaire que l'on exproprie

pour cause d'utilité publique , et qu'il faut l'adopter ,
puisqu'elle doit être avantageuse au public , en hâ-
tant le moment où il jouira des travaux entrepris
pour lui.

D'ailleurs, les tribunaux ne sont pas tenus, comme
l'insinue M. Fonfrède, de passer au réglement de
l'indemnité dès que la mission de l'Administration
est finie. S'ils ne prononcent pas sur l'utilité publique , ils prennent cependant une part importante à
cette question , car ils sont chargés de reconnaître
si les formalités prescrites ont été observées. Des difficultés soulevées à ce sujet , à tort ou à raison , peuvent encore faire perdre beaucoup de temps, puisqu'elles peuvent donner lieu à parcourir tous les
degrés de la hiérarchie judiciaire , qu'il faut venir
suivre une seconde fois pour arriver au réglement
définitif de l'indemnité.

Nous avouons que nous ne comprenons pas com-
ment l'intérêt particulier serait compromis, parce que
le tribunal , nanti de la discussion , devrait pronon-
cer dans le mois , ou parce que son jugement devrait
être signifié dans les quinze jours de sa date. Pour-
rait-on croire qu'un propriétaire serait lézé , parce
qu'on l'obligerait à faire appel dans les quinze jours
de la signification , lorsqu'on ne se plaint pas que le
malheureux condamné à perdre la vie n'ait que trois
jours pour se pourvoir en cassation ? Les citations ,
fruit des recherches auxquelles M. Fonfrède s'est
livré , et qui ont dû lui coûter un pénible travail, s'il

3

n'a eu recours aux nombreux recueils qui se trouvent dans toutes les bibliothèques (1), n'ont pu nous faire partager son opinion à cet égard.

Nous croyons même pouvoir lui dire que l'une de ces citations n'est pas très-favorable au système qu'il soutient : je veux parler de l'opinion de Napoléon dans la discussion de la loi du 8 Mars 1810. Il n'a pas remarqué que lorsque celui-ci se montrait peu touché des réflexions que faisait un ministre prévoyant sur les lenteurs interminables de la procédure pour le réglement des indemnités, il avait déjà assuré, par l'art. 13 de cette loi, l'envoi en possession préalable du terrain qu'il fallait occuper. Ainsi, l'effet de ces lenteurs pouvait bien faire retarder le paiement des indemnités ; mais il ne mettait pas obstacle à la confection des ouvrages, obstacle qui existe aujourd'hui, et que l'on veut chercher à vaincre en conciliant tous les intérêts.

N'omettons pas de faire remarquer que cette abréviation des délais n'est pas demandée seulement contre les propriétaires ; elle s'appliquerait également à l'administration, qui se trouve aussi dans la nécessité d'appeler des jugemens ; et bien a valu même que M. d'Haussez n'ait pas négligé d'exercer ce recours dans un bon nombre d'affaires, puisque la Cour Royale de Bordeaux a réduit de *cinquante*

(1) Voir notamment le traité d'expropriation pour cause d'utilité publique, par M. Charles Delalleau.

pour cent des indemnités fixées par les tribunaux de première instance (1).

Dans sa seconde proposition, cet Administrateur appelle aussi l'attention sur le réglement des indemnités ; il cite des faits pour prouver que généralement elles sont trop élevées.

Ces faits, à ce qu'il paraît, sont nombreux et positifs ; ils établissent non-seulement que le prix des terrains aurait été porté au-delà de leur valeur vénale, mais encore qu'après avoir complétement dédommagé les propriétaires du préjudice réel, on leur aurait accordé de fortes sommes à titre de *dépréciation* de leurs domaines, alors qu'il était constant que les travaux exécutés avaient accru d'un *quart* ou d'un *tiers* la valeur des propriétés, en procurant des communications faciles et les moyens de transporter les denrées à très-peu de frais.

S'il est juste que le propriétaire soit indemnisé, il ne l'est pas moins de n'exiger de l'État que ce qu'il doit réellement. Raisonner autrement, c'est évidemment se mettre en opposition manifeste avec les principes d'économie que l'on veut, avec raison, faire dominer aujourd'hui. Pourquoi se montrerait-on prodigue sans mesure dans cette branche de service public, lorsque dans les autres on voudrait que tout fût réglé avec une sévère équité ?

Nous avons trouvé dans l'un des arrêts qui ont

(1) Arrêts de la Cour Royale de Bordeaux, des 28 Janvier 1828 et 21 Juin suivant.

opéré les fortes réductions dont il a été parlé tout à l'heure, les véritables principes qui devraient présider au réglement des indemnités :

« *Attendu, dit la Cour, que le Législateur, en* » *autorisant l'expropriation pour cause d'utilité pu-* » *blique, n'a pas voulu qu'elle devînt au préjudice* » *des contribuables une cause de lucre pour le* » *propriétaire dépossédé, mais seulement qu'il fût* » *indemnisé de toutes les pertes et de tout dommage* » *qu'il aurait eu à souffrir; que par conséquent le* » *réglement de l'indemnité ne doit pas excéder les* » *bornes de la justice* ».

Voilà une doctrine qui protège tous les intérêts et dont l'application n'amènerait pas à faire allouer des indemnités de *dépréciation*, lorsque la valeur de la propriété serait accrue; mais elle n'est pas toujours suivie.

M. d'Haussez indique en passant qu'il serait peut-être utile de recourir pour cet objet à un jury; nous sommes de son avis. Quoi qu'en dise M. Fonfrède, il entre assez d'honneur dans le cœur des Français pour qu'un motif d'intérêt personnel ne les détermine pas, comme il paraît le croire, à sacrifier les intérêts de l'État, dans l'espoir qu'un jour ils pourront avoir une part du sacrifice. Ce jury ne se pénétrerait-il pas, d'ailleurs, de cette vérité, que, plus on aggrave les charges de l'État et plus on ajoute à celles des citoyens, puisque les impôts sont payés par ceux-ci; et mettant, d'ailleurs, à part tout sentiment d'équité, n'aimerait-il pas mieux échapper à des charges certaines que se préparer des avantages à peu près imaginaires, puisque quelque multipliés que soient nos travaux, il n'est pas présumable que tous les ci-toyens soient attaqués en expropriation.

Nous verrions encore un autre avantage dans l'ins-titution de ce jury : son intervention ferait cesser l'espèce de lutte qui fréquemment s'élève entre la magistrature judiciaire et l'Administration, deux branches du pouvoir que dans un pays bien constitué on devrait habituer à respecter également, parce que nous devons beaucoup à l'une et à l'autre. Si le juge croit remplir ses devoirs, pourquoi ne pas supposer que l'Administrateur croit aussi remplir les siens? Que si quelquefois celui-ci se trompe, croit-on que le juge soit exempt d'erreur? Nous en appelons aux arrêts que nous avons cités plus haut.

Dans le besoin qui le presse d'attaquer les disposi-tions du pouvoir, M. Fonfrède va chercher au milieu du dernier siècle M. de Tourny, dont le génie à lé-gué à la postérité, non-seulement d'immenses amé-liorations, mais l'indication de celles qu'il laissait à faire. Il fut administrateur, donc il dut être oppres-seur. Ses immortels travaux, la reconnaissance ré-fléchie de plusieurs générations, les honneurs rendus à sa mémoire par le département de la Gironde, tant de monumens qui déposent de sa sollicitude pour l'intérêt public, non moins que de l'élévation de ses idées et de son goût pour les arts ; la réputation d'homme de bien qui ne lui est pas plus contestée que celle d'homme d'État, rien ne peut le sauver

d'une censure qui vient l'atteindre soixante ans après
sa mort. On lui reproche la spoliation d'un propriétaire dont la vigne faisait partie du terrain, qui depuis
est devenue la magnifique promenade du Jardin-
Royal ; on ignore , et l'on en convient , les accessoi-
res , les détails , le fond même de cette affaire ; elle
offre un prétexte à une agression contre une des
grandes illustrations de notre magistrature adminis-
trative : cela suffit ; on s'en empare et on fait remon-
ter jusqu'à M. de Tourny , mort en 1764 , le blâme
d'une décision prise en 1819 par un Ministre de
l'intérieur. Comme un autre intendant, son contem-
porain , il aurait pu s'appliquer cette phrase familière
à M. d'Étigny , et qui a été gravée sur le marbre de
sa statue ; cette phrase , qui donnait à ce dernier de
la force pour supporter et les menaçantes réclama-
tions qu'excitait l'ouverture des routes qui traversent
le Béarn , et les arrêts de prise de corps décernés
contre lui à deux reprises, par le Parlement de Pau,
qui , *lui aussi*, ne voulait pas de routes , et l'exil ini-
que dont le ministère le frappait pour avoir , malgré
sa défense , et *contre l'avis des Ingénieurs* , tenté ,
avec succès , de rendre le *Gave* navigable ; cette
phrase , enfin , que bien des Administrateurs répè-
tent sans doute pour se consoler des jugemens portés
sur leurs actes et jusque sur les intentions qu'on leur
suppose :

« Les pères me maudissent , les enfans me béni-
» ront ».

www.ingramcontent.com/pod-product-compliance
Lightning Source LLC
Chambersburg PA
CBHW061731180626
46818CB00006B/2561